¡Danos tu respuesta en el gramófono!
Valoramos tu opinión

¿Te gusto el libro?
¿Puedes relacionar tu historia personal
con la historia en este libro?
¿Conociste alguien nuevo?
¿Hay alguna historia diferente que qui-
eras leer?
¿Hay alguna otra voz que quisieras es-
cuchar ?

¡Háblanos!

A mirror for some,
a window for others,
stories that foster
shared understanding for all.

-Holly Hubbard Preston
Collection Founder

¡BRAVO!

Poemas sobre
hispanos extraordinarios

Margarita Engle

✦

ilustrado por
Rafael López

GODWIN BOOKS
Henry Holt and Company ✦ New York

A la memoria de mi profesor de escritura creativa,
Dr. Tomás Rivera
—M. E.

Para los héroes emergentes . . .
que vienen en differentes colores, formas y tamaños
—R. L.

AGRADECIMIENTOS

Doy gracias a Dios por la gente extraordinaria, sea cual sea su origen. Gracias a mi familia, y a la editora Laura Godwin por prender la llama, a Julia Sooy y a la agente Michelle Humphrey por cuidar la llama. A Debbie Reese y a la maravillosa escritora Alma Flor Ada y a Teresa Mlawer por sus sugerencias, y a Rafael López por sus hermosas ilustraciones.

Henry Holt and Company
Publishers since 1866
175 Fifth Avenue
New York, New York 10010
mackids.com

Henry Holt® is a registered trademark of Macmillan Publishing Group, LLC.

Library of Congress Cataloging-in-Publication Data is available.
ISBN 978-1-250-11366-5

Our books may be purchased in bulk for promotional, educational, or business use.
Please contact your local bookseller or the Macmillan Corporate and Premium Sales Department at
(800) 221-7945 ext. 5442 or by e-mail at MacmillanSpecialMarkets@macmillan.com.

First Edition—2017
The illustrations for this book were created using a combination of acrylic on wood, pen and ink,
watercolor, construction paper, and Adobe Photoshop.
Printed in China by Toppan Leefung Printing Ltd., Dongguan City, Guangdong Province

1 3 5 7 9 10 8 6 4 2

Queridos lectores:

Este libro no es sobre los hispanos más famosos. Los poemas tratan de una gran variedad de gente increíble que vivió en distintas zonas del territorio que hoy llamamos Estados Unidos. Son personas que se enfrentaron a los retos de la vida de una manera creativa. Algunos recibieron el reconocimiento que merecían en su época, pero luego han quedado olvidados por la historia. Otros han alcanzado una fama duradera.

Muchos latinoamericanos llegaron a Estados Unidos como inmigrantes o refugiados. Otros nacieron aquí, pero conservaron fuertes lazos con el idioma y la cultura de sus tierras de origen. Algunos son descendientes de gente que nunca abandonó su hogar, sino que sus tierras pasaron de ser colonias españolas a ser territorios mexicanos, y luego a estados de Estados Unidos. Los puertorriqueños se encuentran en una posición única: son ciudadanos de Estados Unidos, aunque Puerto Rico no es un estado. Muchos latinos hablan solamente inglés o español, pero otros son bilingües o trilingües, pues además del inglés y el español hablan lenguas indígenas como mixteca, maya o quechua.

Por razones de simplicidad, he usado los nombres modernos de las regiones ancestrales, en lugar de poner los nombres históricos como Nueva España. Si quieren aprender un poco más sobre estas increíbles personas, por favor lean las notas biográficas que aparecen al final de este libro.

Tu amiga/ your friend
Margarita Engle

JUAN DE MIRALLES

1713–1780
Cuba

Creo en la buena causa de la independencia
americana. Miles de soldados españoles,
y de todas las regiones de la América Latina,
luchan
junto a los soldados de George Washington,
mientras nos esforzamos para derrotar
a los ingleses.

George Washington es muy buen amigo mío.
Hemos desfilado juntos montados en nuestros
   caballos, y el año pasado
celebramos un Año Nuevo muy feliz
en mi casa en Filadelfia.

Ahora, en la nieve profunda de Yorktown,
   los soldados
sufren de hambre, sus dientes dañados por el
   escorbuto,
una enfermedad que se puede curar
comiendo fruta fresca.

EL PRIMER AMIGO

George me pide que le ayude enviando
mis barcos a la isla de Cuba —mi patria— para
traer un cargamento de limones verdes,
tropicales, jugosos,
y sabrosas guayabas rosadas.

La fruta fresca
es buena medicina contra el escorbuto.
   Los soldados
se mejoran pronto,
y cuando pelean, ganan la batalla
contra los ingleses.

A veces la amistad
es la más dulce forma
de valor.

FÉLIX VARELA

1788–1853
Cuba

ELIGIENDO LA PAZ

La tradición de mi familia es la guerra.
Todos esperan que yo sea un soldado.
A los catorce años, ya sé que nunca
voy a disparar un arma o cargar una espada.

No quiero matar a nadie, y por eso leo, estudio,
doy clases, y cuando decido ser sacerdote,
    predico
contra la crueldad, a favor de la
libertad para los esclavos,
y la libertad para todas
las colonias de España.

¡Es peligroso exigir la justicia!
Huyo de mi tierra, seguido por un asesino,
pero cuando le hablo de la bondad,
me escucha,
y escoge la paz.

Desterrado en Nueva York, soy el sacerdote
de una iglesia donde llegan los sobrevivientes
de la terrible hambruna que obliga
a miles de familias irlandesas
a huir del hambre,
y buscar refugio
en Estados Unidos.

Ayudo a las familias irlandesas,
a fundar escuelas para sus niños,
cuido a los que sufren del cólera
y defiendo a los niños irlandeses
contra los insultos de la muchedumbre
que los odia simplemente porque
son inmigrantes.

JUANA BRIONES

1802–1889

México

INDEPENDIENTE

Nací en Alta California
cuando pertenecía a España.

Esta es una tierra de yerbas buenas
y de grandes penas—la conquista
de los indios, el trabajo cruel
de mi esposo, un soldado.

Cuando él me pega, lo abandono,
y por muchos años, primero bajo España,
después México, y ahora Estados Unidos,
sobrevivo como ranchera y curandera,
sanando a los enfermos con plantas medicinales,
y me curo a mí misma
con independencia.

LOS MISMOS DERECHOS

José Martí y otros poetas desterrados
se reúnen en mi casa en la Florida,
donde declaman versos hermosos,
y discuten cómo traer la libertad
a nuestra isla.

Me llaman heroína por fundar
una sociedad de amistad entre cubanos
negros y blancos, todos desterrados,
ayudándonos unos a otros —huérfanos, viudas,
pobres . . .

Cuando camino con mi amigo
cogidos del brazo, hacemos una declaración
de igualdad, la piel clara de Martí
al lado
de mi piel morena.

JOSÉ MARTÍ

1853–1895
Cuba

LA MAGIA DE LAS PALABRAS

Durante mi niñez en la isla, veo la injusticia,
y por eso escribo sobre la libertad, pero a la edad
de dieciséis años, me encarcelan, y después de meses
de trabajo forzado en la prisión, soy desterrado
de mi patria.

En Nueva York, paseo por el Parque Central
con los niños de otros desterrados, contando
cuentos de elefantes mansos
y camarones encantados . . .

Digo que cada día es un poema.
Son verdes y pacíficas algunas horas.
Otras son rojas, como festividades o tormentas.
Me encanta enseñar a los niños
cómo contar sus propias historias.

LA EXPLORACIÓN SILVESTRE

Es tan difícil la niñez, cuando se pelean
tus padres. Él es de México, ella americana,
y yo soy las dos cosas. Se separan, nos mudamos,
mientras tanto deseo con todas mis ansias
que se reúnan.

Pero cuando soy adulta, y bastante mayor,
al fin comprendo cómo ser útil,
y gozar de la aventura
de vivir en dos países.

Asisto a la universidad en California,
estudio botánica, y me dedico a explorar las selvas,
de todo México y Suramérica,
colecciono plantas fascinantes
completamente nuevas
para la ciencia.

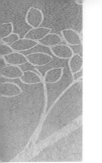

LOUIS AGASSIZ FUERTES

1874–1927

Puerto Rico

¡VIDA A LOS PÁJAROS!

Desde que era pequeño, sabía
que quería pintar pájaros.

Amaba la hermosura y la libertad de las alas.
Algunos artistas matan a los pájaros para pintarlos
más fácilmente, pero yo quiero
¡que los pájaros vivan!

Por eso aprendo a pintar con ligereza,
mientras las aves vuelan libres
en el alto
ancho
y maravilloso
cielo.

LA PRIMERA MUJER PILOTO DEL MUNDO

¡Las acronaves!
La emoción de ver a un hombre en una canasta,
balanceándose bajo un enorme globo,
mientras da la vuelta a la Torre Eiffel acá en París,
tan lejos de mi casa en New Jersey.

¡Lecciones!
Me encanta la emoción de aprender a volar.

¡El vuelo!
Soy la primera mujer piloto, pero no seré
la última —¡cada niña que me ve elevada en el cielo azul
crecerá con los sueños
de volar también!

FABIOLA CABEZA DE BACA

1894–1991
México

UNA RECETA PARA INFUNDIR CORAJE

Mi familia llegó a esta tierra
hace más de cuatrocientos años.
Algunos fueron conquistadores crueles,
    pero hoy
somos casi todos mestizos, una raza
mezcla parte indígena, vecinos
y amigos.

Cuando doy clases a los niños en todas partes
de Nuevo México, les hablo en inglés, español,
tewa y tiwa. En mis libros de cocina,
guardo las recetas antiguas,
asegurándome que la nueva manera de cocinar
la comida casera
sea saludable.

Lo que sobra se puede enlatar y vender.
Cuando las mujeres ganamos
nuestro propio dinero, nos sentimos fuertes
e independientes.

ARNOLD ROJAS

1898–1988
México

LA VIDA A CABALLO

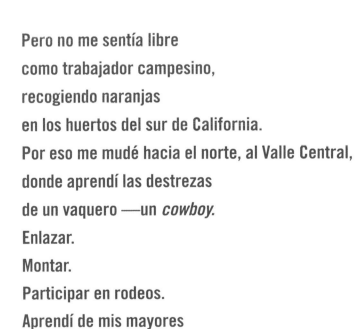

Mis ancestros mexicanos
eran indios yaquis y mayas, pueblos
que lucharon para conservar
su libertad y vivir de acuerdo
a sus tradiciones
y costumbres.

Pero no me sentía libre
como trabajador campesino,
recogiendo naranjas
en los huertos del sur de California.
Por eso me mudé hacia el norte, al Valle Central,
donde aprendí las destrezas
de un vaquero —un *cowboy*.
Enlazar.
Montar.
Participar en rodeos.
Aprendí de mis mayores
y hoy puedo relatar
mis propias aventuras a caballo.

PURA BELPRÉ

1899–1982
Puerto Rico

DOS IDIOMAS EN LA BIBLIOTECA

Mi viaje a Nueva York
ha sido un trayecto
de historias nacidas con el tiempo.

Llegué a la boda de mi hermana,
y me quedé, encontré trabajo y estudié
para ser una bibliotecaria para niños —
     ¡la primera
puertorriqueña empleada por el sistema
de bibliotecas de Nueva York!

Qué raro ser la primera, en esta ciudad
con tantos niños bilingües, tan felices
cuando leen, tan contentos cuando aprenden . . .

Nada me hace sentir más feliz que ver
la sonrisa en la cara de un niño
que tiene un libro abierto en las manos.

GEORGE MELÉNDEZ WRIGHT

1904–1936
El Salvador

AYuDANDO A LOS ANIMALES SALVAJES

Como primer Jefe de la División de la Fauna
de los Parques Nacionales dc EE.UU., viajo
por todo el país, estudiando animales en peligro
de extinción.

Convenzo al Congreso de que no deben
permitir que los guardabosques maten
a los pumas
y otros depredadores.

¡Tenemos que proteger a las especies amenazadas
antes de que sea demasiado tarde!

JULIA DE BURGOS

1914–1953
Puerto Rico

EL RÍO DE MIS SUEÑOS

Seis de mis doce hermanos,
murieron de hambre;
pero mi dulce madre
caminaba conmigo
junto a un río
de sueños hermosos.

Me encantaba la naturaleza y la isla,
aunque éramos tan pobres
que tenía que entrar a la escuela
por la ventana, porque no teníamos dinero
para pagar la matrícula.

Hice un gran esfuerzo para ser
maestra y poeta, y usar las palabras
para luchar por los derechos de las mujeres,
trabajar para ayudar a los niños pobres

y hablar a favor de la independencia
de Puerto Rico.

Ahora, mucho más tarde,
aunque ya vivo
en Nueva York,
recuerdo todavía
el río hermoso
de los sueños
de mi niñez.

RESOLVIENDO LOS MISTERIOS DE LA MEDICINA

Mi lucha para respirar
me hace pensar en ser médico,
y aprender a curar
el asma.

Las alergias.
Las enfermedades.
Los trastornos raros
y los comunes.

Las investigaciones en el laboratorio
son esenciales para descubrir
nuevas medicinas,
nuevos remedios.

TITO PUENTE

1923–2000
Puerto Rico

LA MÚSICA VALIENTE

Cuando era niño
en mi casa en Nueva York,
se quejaban los vecinos
porque tocaba el tambor
en ollas,
cazuelas,
ventanas,
paredes.

Decían que era ruidoso,
demasiado vigoroso,
muy energético,
salvaje. . .

¡Hoy me llaman el Rey del Jazz Latino,
y nadie piensa que mi música valiente
es ruidosa!

COMPARTIR LA PAZ

Después de perder nuestra finca,
tuvimos que trabajar en los campos de otros,
viajando para cosechar frutas
y verduras.

No hay baños. No hay agua.
No hay sombra,
ni descanso.
Deseo que me traten
con dignidad y respeto.

Ahora soy adulto y veo la necesidad
de hacer cambios, pero no creo en pelear
con armas ni puños,

y por eso los cambios vienen lentamente,
mientras soy el líder de los campesinos,
protestando sin violencia, por medio
de las marchas, las huelgas,
y el voto.

COMPARTIENDO ESPERANZA

Cuando era niño en la isla,
trabajaba entregando cántaras de leche,
mientras mi papá trabajaba en los cañaverales.

Si tenía un rato libre, jugaba al béisbol,
un juego que me ofrecía felicidad
y esperanza. Ahora juego con los Piratas
de Pittsburgh.

En el norte, la gente
es amistosa, pero algunos
me tratan
diferente por el color de me piel.

Yo no creo en el color.
Creo en la igualdad,
y creo en la esperanza compartida,
por eso cuando hay un desastre
como un terremoto,
me movilizo
para entregar medicinas y comida.

La fama me da la oportunidad
de demostrar que el béisbol
no es el único aspecto de la vida
donde necesitamos
la cooperación
de un equipo.

TOMÁS RIVERA

1935–1984
México

LA POESÍA VALIENTE

Mi familia sigue las cosechas.
Nos mudamos de un campo a otro.

Agacharse. Sembrar. Cosechar.
¿Cómo voy a graduarme
de la escuela?

Me conforta leer.
Encuentro revistas en la basura.
Leer me lleva a escribir.
Encuentro poesía en las plantaciones
de tomates y cuentos en las caras
de los trabajadores cansados.

Leo, y escribo, y estudio,
y ahora soy el primer líder latino
de un campus de la Universidad de California.

Dicen los estudiantes
que sienten inspiración
cuando escuchan
la historia de mi vida.

A veces la mejor manera de enseñar
es el ejemplo.

OTROS LATINOS EXTRAORDINARIOS

Tantos y tan diferentes
¡Una maravillosa mezcla de sueños!

Sonia Sotomayor, puertorriqueña
de Nueva York, la primera latina nombrada
al Tribunal Supremo.

Rosemary Casals, estrella de tenis,
salvadoreña-americana, luchando por salarios
iguales para las mujeres, y Julia Marino,
paraguaya-americana, esquiadora de las
    Olimpiadas,
y Juan Rodríguez, campeón de golf,
un puertorriqueño que era tan pobre cuando
    niño
que su primer palo de golf fue una rama
de un guayabo, su primera
pelota de golf una lata aplastada.

César Pelli, arquitecto argentino-americano,
Bruno Fonseca, pintor uruguayo-americano,
y tantos actores: América Ferrara,
    hondureña-americana,

Benjamin Bratt, peruano-americano, Zoe Saldana,
dominicana-americana, y la cantante Christina
    Aguilera, ecuatoriana-irlandesa-americana,
    y otros músicos;
pero no solo estrellas de rock—Martina Arroyo,
    cantante de ópera, puertorriqueña,
Gustavo Duhamel, venezolano-americano, director
de orquesta sinfónica, José Feliciano, el cantante
puertorriqueño que luchó por el derecho
de las personas ciegas a llevar
sus perros lazarillos en los aviones,
y Sixto Rodríguez, un compositor
mexicano-americano, sus palabras
poéticas una inspiración para la liberación
de todos en Sudáfrica, y Tony Meléndez,
galardonado guitarrista nicaragüense-americano,
que toca con los pies, porque nació sin brazos.

Soledad O'Brien, presentadora de noticias,
cubana-africana-australiana-americana,
que se negó a cambiar su nombre.

No importa que rama de las ciencias te interese,
encontrarás alguien admirable: Franklin Chang Díaz,
astronauta chino-costarricense-americano,
el primer latino en el espacio, Ellen Ochoa,
astronauta mexicana-americana, la primera
latina que se remontó al espacio libre de
    gravedad . . .
Mireya Mayor, científica cubana-americana,
especialista en los gorilas
y la primera mujer Exploradora
de National Geographic.

Adriana Ocampo, colombiana-americana,
geóloga planetaria de NASA, experta
en las rocas del espacio,
Olga Linares, panameña-americana,
arqueóloga, John Joaquín Muñoz, guatemalteco-
americano, investigador en el campo de la medicina,
Matías Duarte, chileno-americano,
inventor de programación con Google,

Jaime Escalante, boliviano-americano,
matemático dedicado a la enseñanza,
¡y Juan Felipe Herrera, el primer latino
nombrado como Poeta Laureado
de Estados Unidos!

Imagínate el momento en que un escritor latino
lee sus propias palabras sinceras
en la toma de posesión de un presidente
    estadounidense—
¡esto ocurrió!

Richard Blanco, poeta cubano-americano,
abiertamente gay, se paró valientemente
frente a Barack Obama y millones
de personas, para leer sus versos en reconocimiento
a la gran nación que dio la bienvenida
a sus padres
refugiados.
¡Bravo!

APUNTES SOBRE LAS VIDAS

Juan de Miralles
1713–1780

Nacido en España, vivió en Cuba desde niño, se casó con una cubana, y tuvo tanto éxito en los negocios que el rey de España le encargó que ayudara a los revolucionarios norteamericanos, sirviendo como observador. Durante una reunión secreta con Patrick Henry, Miralles planificó la estrategia que derrotó a los ingleses en la Florida. Participó en desfiles militares cabalgando detrás de Washington y Hamilton. Las frutas cubanas que entregó a las tropas lograron que se curaran del escorbuto. Cuando Miralles murió de pulmonía en Valley Forge, George Washington encabezó el funeral militar y presidió los servicios religiosos. El nombre de Miralles se encuentra en una placa en la iglesia St. Mary en Filadelfia, junto con los de los padres fundadores de Estados Unidos.

Félix Varela
1788–1853

Félix Varela nació en Cuba. Huérfano a la edad de seis años, fue a vivir con su abuelo en la Florida. Rechazó la tradición militar de su familia a los catorce años. "Mi designio no es matar hombres", escribió Varela. Regresó a Cuba donde se hizo sacerdote, maestro y legislador. Tuvo que huir de su patria por hablar en contra de la esclavitud y a favor de la independencia. Siendo sacerdote en Nueva York defendió los derechos de los inmigrantes irlandeses.

Juana Briones
1802–1889

Juana Briones nació en lo que hoy día es el estado de California, en una época en que esa región

pertenecía a España. Durante su vida, la región pasó a ser primero parte de México, y luego de Estados Unidos. Sus padres llegaron a Alta California desde "Nueva España" (hoy día, México) en 1776, con la expedición de Anza. Entre sus ancestros había españoles, africanos e indios, y por eso le era difícil vivir en México,

donde había un sistema de castas raciales. Durante su niñez y su juventud, Briones aprendió de las indias y mestizas de Santa Cruz y San Francisco cómo usar las plantas medicinales. Se hizo curandera en una época en que San Francisco se llamaba Yerba Buena. Se casó con un soldado, con quien tuvo muchos hijos. Se separó de él porque era abusivo. Viviendo independiente, Juana se dedicó al ganado, la lechería y el cultivo de hortalizas. Durante una epidemia de viruela curó a los enfermos. Enseñó a su sobrino lo que sabía de curar con hierbas y su sobrino se hizo médico. Adoptó como hija a una india, y habló en contra de la violencia contra los indígenas. Cuando California se convirtió en un estado, Briones tuvo que luchar en la corte para mantener su rancho. Aunque no sabía leer ni escribir, ganó la batalla legal. Hoy día, se conoce como la Madre Fundadora de San Francisco.

Paulina Pedrosa
1845–1925

Paulina Pedrosa, hija de esclavos, nació libre en Cuba. Fue más valiente que la mayoría de las muchachas en esa época. Se casó joven, y se mudó con su esposo a La Florida, donde trabajaba en una fábrica de tabaco. Su casa fue un refugio para José Martí y otros cubanos desterrados, mientras planificaban la rebelión contra el gobierno colonial español. Pedrosa y Martí se pronunciaron en contra de la desigualdad en Estados Unidos, caminando juntos por las calles de Ybor City, en un acto de rebeldía contra la segregación racial.

José Martí
1853–1895

José Martí nació en Cuba, hijo de padres españoles. Fue encarcelado a la edad de dieciséis años, por escribir cartas a favor de la independencia de la isla. Después de seis meses de prisión y de trabajo forzado en una cantera, fue desterrado, primero a España, y luego a Estados Unidos. En Nueva York encontró éxito como poeta, periodista, maestro y autor de cuentos para niños. Sus traducciones de Emerson y Whitman sirvieron como una introducción para los hispanoparlantes a la literatura de Estados Unidos que sirvió de inspiración a los poetas hispanos. Martí murió en una batalla, luchando por la independencia de Cuba.

Ynés Mexía
1870–1938

Ynés Mexía nació en Washington, D.C. hija de un diplomático mexicano y una madre americana. El matrimonio turbulento de sus padres hizo que tuviera una niñez difícil. Mexía vivió en muchos lugares antes de establecerse en San Francisco, donde comenzó a hacer excursiones y a estudiar botánica. A los cincuenta y cinco años, Mexía se hizo exploradora de plantas, en México y Sudamérica, donde descubrió quinientas especies nuevas.

Louis Agassiz Fuertes
1874–1927

Nacido en Ithaca, Nueva York, de padre puertorriqueño y madre americana, Fuertes sintió fascinación por los pájaros. Su padre era profesor de ingeniería, y quiso que Fuertes también estudiara ingeniería, pero el hijo decidió ser pintor

de pájaros. Fuertes viajó con importantes expediciones de la época, ilustró muchos libros de pájaros, y pintó los fondos de los dioramas del Museo Americano de la Historia Natural. Fue pionero en pintar a los pájaros vivos en su entorno natural, en vez de matarlos y colocarlos en la pose deseada, como había hecho Audubon. La mayoría de los ornitólogos lo consideran el mejor pintor de pájaros del mundo. Se conoce como el padre del arte moderno de la pintura de pájaros.

Aída de Acosta
1884–1962

Aída de Acosta nació en New Jersey, hija de un cubano, ejecutivo de una compañía naviera, y de madre española. A los

diecinueve años, durante un viaje a Francia, le fascinaron las "aeronaves", una invención nueva. Aída tomó lecciones y luego sirvió de piloto en una aeronave que voló de París a un campo de polo, casi seis meses antes del vuelo de los hermanos Wright en su avión de ala fija. Se conoce como la primera mujer que pilotó una aeronave con motor.

Fabiola Cabeza de Baca
1894–1991

Nacida en Nuevo México, Fabiola Cabeza de Baca era descendiente de exploradores españoles que llegaron a la región en la década de 1530. De niña, le encantaba montar su poni y ayudar

con las tareas del rancho. Después de la escuela superior, convenció a su padre para que le permitiera ser maestra. Dio clases durante varios años a niños de descendencia hispana e indígena, enseñándoles a apreciar su lengua materna y sus raíces. Asistió a la universidad y se hizo agente del Servicio de Extensión Agrícola. Viajó por todo Nuevo México, enseñando en inglés y español, así como en las lenguas indígenas tewa y tiwa, la manera científica de conservar la comida. Aunque perdió una pierna en un accidente de tren, continuó dando clases en pueblos remotos y escribiendo libros de cocina que ofrecían una combinación de recetas tradicionales y consejos para la preparación saludable de la comida. Cabeza de Baca ayudaba a las mujeres campesinas a ser independientes, vendiendo comidas caseras y artesanías tradicionales. Ya retirada del trabajo, se dedicó al entrenamiento de voluntarios del Cuerpo de Paz y sirvió como representante de las Naciones Unidas en México.

Arnold Rojas
1989–1988

Arnold Rojas nació en el sur de California. Detestaba el trabajo como campesino migrante. Para evitar la cosecha de naranjas, huyó al Valle Central, donde se hizo vaquero, domador de caballos y cuentacuentos. En su libro *These Were the Vaqueros*, Rojas cuenta cómo aprendió a domar caballos y conducir el ganado escuchando a los viejos que conocían el rodeo mexicano, y las destrezas de los jinetes charros. Se dedicó al rescate de la cultura latina en Estados Unidos.

Pura Belpré
1899–1982

Pura Belpré nació en Puerto Rico. Dejó los estudios para asistir a la boda de su hermana en Nueva York. Después de trabajar en una fábrica de ropa, se hizo bibliotecaria, presentó cuentos bilingües, compró libros en español, escribió cuentos, coleccionó

leyendas, recibió a grandes artistas como Diego Rivera, y fue reconocida como la primera especialista de la literatura infantil en español en todo el sistema de bibliotecas de Nueva York. Cada año, su memoria es honrada por la Asociación de Bibliotecas Americanas, con la Celebración del Premio Pura Belpré para escritores e ilustradores latinos de libros para niños.

George Meléndez Wright
1904–1936

El padre de George Meléndez Wright fue capitán de un barco americano. Su madre era salvadoreña. George nació en San Francisco. Después de la muerte de sus padres lo crió una tía. Le encantaban las excursiones y la naturaleza, y por eso estudió silvicultura y zoología. Trabajando como naturalista en el Parque Nacional Yosemite, quedó estupefacto cuando vió que los guardabosques maltrataban

y hasta mataban a algunos animales. Meléndez Wright propuso un estudio de recursos faunísticos, para prevenir la extinción de las especies amenzadas. Como no contaba con apoyo oficial, empleó su propio dinero. Como primer Jefe de la División de Fauna, Meléndez Wright introdujo técnicas científicas para salvar a los cisnes trompeteros y otras especies. Fue uno de los más importantes conservacionistas de Estados Unidos.

Julia de Burgos
1914–1953

La mayor de trece hermanos, Julia de Burgos sufrió una niñez muy difícil en Puerto Rico. Seis de los hermanos murieron de hambre, pero ella consiguió educarse y llegó a ser maestra, escritora, y activista defensora de los derechos civiles, y de la independencia de Puerto Rico. En Nueva York sufrió depresión y alcoholismo. La enterraron en una fosa común para pobres, pero luego sus restos fueron llevados a Puerto Rico, donde hoy día se la conoce como una líder heroica y una de las más importantes poetas de la isla.

Baruj Benacerraf
1920–2011

Nacido en Venezuela, de antepasados españoles-marroquíes-judíos, Benacerraf pasó una gran parte de su niñez en Francia. Su  familia regresó a Venezuela a principios de la Segunda Guerra Mundial, pero pronto se mudaron a Nueva York para que él estudiara ciencias y medicina. Por haber padecido de asma cuando era niño, Benacerraf se dedicó a las investigaciones para entender la base genética de las alergias y otras enfermedades inmunológicas. Recibió el Premio Nobel de Medicina en 1980, y fue nombrado jefe de Patología en la escuela de medicina de Harvard.

Tito Puente
1923–2000

 Tito Puente nació en la sección hispana del barrio de Harlem, en Nueva York, hijo de padres puertorriqueños. Desde joven fue muy talentoso y se convirtió en músico profesional a la edad de trece años. Tocaba muchos instrumentos con tanto ritmo y habilidad que se le conoce como el Rey del Jazz Latino.

César Chávez
1927–1993

Uno de seis hijos de una familia mexicoamericana, César Chávez comenzó la vida en una granja de Arizona. Cuando su abuelo perdió la granja durante  la Gran Depresión, la familia tuvo que mantenerse siguiendo las cosechas, trabajando en los huertos y viñas de California. A Chávez le encantaba leer, y así fue que tuvo la oportunidad de aprender sobre los métodos de lucha no violenta de Gandhi en la India. Chávez se hizo organizador de sindicatos usando esos mismos métodos y se convirtió en líder de los trabajadores agrícolas en la lucha pacífica para conseguir un salario justo y mejores condiciones de trabajo. En muchas regiones de Estados Unidos celebramos su memoria el 31 de marzo, Día de César Chávez.

Roberto Clemente
1934–1972

Nacido en Puerto Rico, Roberto Clemente se mudó a Estados Unidos para jugar béisbol. Jugó en la Serie Mundial con los Piratas de Pittsburgh en  1960 y 1971. Fue el primer latino en acumular 3000 hits, entre ellos 240 jonrones. Recibió el Premio Golden Glove por doce años consecutivos. Murió en un accidente de avión, mientras llevaba provisiones a las víctimas de un terremoto en Nicaragua. Al año siguiente fue incorporado al Salón de la Fama del Béisbol.

Tomás Rivera
1935–1984

Tomás Rivera nació en Texas, en una familia de trabajadores agrícolas mexicoamericanos, viajando  para seguir las cosechas. Le encantaba leer, y por eso a la edad de doce años comenzó a escribir. Rivera fue la primera persona de su familia que se graduó de la universidad. Se hizo maestro, obtuvo su doctorado, y fue un educador, poeta, y novelista muy respetado, además del primer rector latino de un campus de la Universidad de California.